서정시학 서정시 106

둥근 세모꼴

유안진 시집

서정시학

유안진(柳岸津)

안동출생 임동초등학교. 대전여중. 대전호수돈 여고. 서울대학교 사범대학졸. 1965년 현대문학에 초회 추천. '66년 2회. '67년에 3회 추천완료. 서울대 교육대학원 교육심리학 전공. 미국 Florida State University에서 Ph.D 취득.

첫시집『달하』에서『물로 바람으로』『날개옷』『월령가 쑥대머리』『구름의 딸이요 바람의 연인이어라』『다보탑을 줍다』『거짓말로 참말하기』『알고(考)』등 14권의 신작시집과『세한도 가는 길』『빈 가슴을 채울 한마디 말』등 시선집 13권.『지란지교를 꿈꾸며』등 다수의 수필집.『바람꽃은 시들지 않는다』『다시 우는 새』『땡삐 4권』등 민속장편 서사소설집

정지용문학상. 한국펜문학상. 소월문학상특별상. 월탄문학상. 이형기문학상. 유심작품상. 구상문학상등 수상.

마산제일여중고. 대전호수돈여중고. 서울대 유급조교. 한국교육개발원 책임연구원. 단국대교수. 서울대교수로 퇴직. 현재 서울대 명예교수.

서정시학 서정시 106
둥근 세모꼴

펴낸날 | 2011년 7월 10일

지은이 | 유안진
펴낸이 | 김구슬
펴낸곳 | 서정시학
편 집 | 최진자 · 인차래
인 쇄 | 서정문화

주 소 | 서울시 성북구 동선동 1가 48 백옥빌딩 6층
전 화 | 02-928-7016
팩 스 | 02-922-7017
이메일 | poemq@dreamwiz.com
출판등록 | 209-07-99337
계좌번호 | 070101-04-038256(국민은행)

ISBN 978-89-94824-18-5   03810

값 9,000원

밤중에 일어나 멍하니 앉아 있다

남이 나를 헤아리면 비판이 되지만
내가 나를 헤아리면 성찰이 되지

남이 터뜨려 주면 프라이감이 되지만
나 스스로 터뜨리면 병아리가 되지

환골탈태換骨奪胎는 그런 거겠지.

　　　　　　　　　　　　—「계란을 생각하며」 전문

시인의 말

　나는 야생시인이다. 문학을 전공하지 않았음에도 그 무엇도 되기 전에 제일 먼저 시인이 되어 시인으로 산다. 그래서 질길 것이다. 그래서일까? 늘 거짓말로 참말 하려 하고, 부정함으로써 긍정하려 하고, 패배함으로써 승리하고 싶고, 넘어짐으로써 일어서려 하고, 나약하기 때문에 강인해지고 싶고, 어리석음이 지혜라고 믿고 싶고, 게으름이 중요한 일 하는 거라고 믿고 싶고, 꿈꾸는 것이 행동하는 것이라고 믿고 싶은 자가 아닐까 한다.

　그래서인지 시 쓰기에서도 언어예술의 장치로서, 거짓말로 참말 하고 싶고, 부정함으로써 긍정하고 싶어져, 말 되게도 말 안 되게도, 未文으로도 非文으로도 주절거리면서, 시쓰기를 혼자 노는 방법이라고 생각한다면, 공부가 모자란다는 것을 스스로 폭로하는 것일 수도 있겠지만, 본래 약점이란 남이 아닌 스스로 들춰 보는 게 아닌가.

　시작기법상 직전시집 『거짓말로 참말하기』의 심화 또는 진일보이기를 바라며 모아온 난쟁이 시편들을, 서정시학 '극서정시' 시리즈로 묶어주시는 서정시학사에 감사한다.

2011년 새꽃 봄에 지은이

▣ 차 례 ▣

제2부

제3부

제1부

운명, 조롱당하다

콩 심은 콩 밭에서 팥을 더 추수한다

뱁새가 황새를 앞질러서 날고 있다

인삼 밭에는 민들레가 더 무성하다

통쾌한 21세기
팥으로 매주 쑤고, 황새보다 뱁새, 인삼보다 민들레래.

시간

현재現在는
가지 않고 항상 여기 있는데
나만 변해서
과거過去가 되어 가네.

자랑거리

아기 안은 엄마를 구경하던 원숭이가
쪼르르 달려가더니
제 새끼를 안고 와 보여준다.

등산하는 배

사공들이 너무 많아
내 삶에는
내 나라 이 세계에도.

먹 감으러 갔지

냇가 버드나무 등걸에 매미허물 걸려 있고

나무 아래 풀밭에는 배미(뱀)허물 널려 있어

둘이서 알몸둥이로 어딜 가서 뭘 하지?

나는 너무 오래 안전한가?

단기 4343년 올해까지 931번이나 침략 받아
평균 4년꼴로 전쟁을 겪은 셈이라는데
1951.7.27 휴전협정 이래
처음으로 57년 동안이나 안전하다는데
내게는 위험이 필요한가?
안전하게 밥 먹고 안전하게 잠자고 안전한 꿈만 꾼다
두통마저 안전해
딱따구리도 두통약 먹을까?
나의 미래는 어디서 오는가?

페미니즘

역사history는 너무 오래 남자들 얘기였어

이제부틴 여자 얘기herstory로 바뀌어야 해
너무 너무 늦었지만.

옛날 애인

봤을까?
날 알아봤을까?

그 아기씨는 왜 거기까지 가서 태어났을까?

만인에게 나눠줄 떡이 될 몸이라서
지명地名이 떡집인 곳은 베들레헴뿐이라서.

퇴계 선생 초상화

토요일 밤이면
구겨진 종이쪽 꺼내놓고 다림질하던
어머니의 주일土日 준비

생과부의 지전紙錢 두 장.

축 성탄

처음 만난 세상은 마구간이었다
처음 맡은 냄새는 가축 냄새였다
처음 누운 침대는 말죽통이었다
처음 만난 사람은 양치기들이었다
처음 떠난 여행은 죽기살기 도망치는 사막길이었다

막장에서 시작된 삶이라야
막장 인생들에게 희망이라고
그렇게 출발해야 참인생이라고.

그때 아담은 뭘 하고 있었지?

이브가 뱀에게 유혹 받고 있을 때
남편이란 작자는 도대체 뭘 하고 있었을까?

* 낮잠 자고 있었을 것이다
* 무슨 짓 하나, 엿보고 있었을 것이다
* 밥상 안 차려주고 쏴 다닌다고 혼낼 궁리만 하고 있었을
것이다
* 갈비뼈를 만지며 새 아내의 S라인을 상상했을 것이다
* 남편 노릇을 반성했을 것이다

이브는 왜 아담에게 돌아갔을까?

뱀보다는 아무래도 더 멍청하니까
자기 갈비뼈를 돌려달라고 할까봐
조강지처糟糠之妻의 의리와 자존심 때문에
이밖에도 뭔가 더 있을 것 같은데

때로는 최대의 실수였다 싶고
때로는 최고로 잘한 일로 미소해온 그녀를
믿는 척, 아담 역시 그랬을—.

한국 남편

에덴 동산이 한국 땅에 있었더라면

안타깝다

아담이 한국 남자였더라면
절대로 아내 말을 듣지 않았을 텐데.

그대들도 저대들도 이대에게는

있는 현실 여기 아닌
없는 현실이 더욱 현실인 나, 이대에게는
무덤덤한 너희, 거기의 그대들도
시큰둥한 그들, 저기의 저대들도
마찬가지 그림의 떡
그림의 떡으로도 배불러서
살찌는 내 허무虛無.

은총의 은총

입양을 기다리다 회갑을 맞은 홀트회 장애인 김영희 양의
행복에 겨운 홍소哄笑

닉 부이치치 선교사의 사지四肢 없는 육체에서 울려나오는
감사의 찬양성가

너무나 광대해서
물리학자 스티브 호킹의 작은 눈에는 담길 수 없는
영성靈性의 대우주.

* 닉부이치치 (1982~): 호주 선교사

빈방 있습니까?

없어요. 다른 데로 가봐요
다 없다는데, 보시다시피 어떻게 좀……
아시다시피 시즌이잖아요
만삭滿朔의 여인과 눈이 마주치자
어쩌나, 차고車庫밖에 없는데
거기라도, 남편 뒤를 따르는 여인 등에다
내방 쓰세요, 라는 허스키 목청 듣고 싶은

성탄 전야聖誕 前夜가 아니어도
베들레헴이 아니어도
만삭 여인이 아니어도.

계란을 생각하며

밤중에 일어나 멍하니 앉아 있다

남이 나를 헤아리면 비판이 되지만
내가 나를 헤아리면 성찰이 되지

남이 터뜨려 주면 프라이감이 되지만
나 스스로 터뜨리면 병아리가 되지

환골탈태換骨奪胎는 그런 거겠지.

무어라고 썼을까?

간음 현장의 여인을 끌고 와 물었다
율법대로 돌로 치리이까?
말없이 손가락으로 땅바닥에 쓰고
일어선 예수는, 죄 없는 이부터 먼저 치라
고 하며, 다시 땅바닥에 썼다
1. 대단하지 않소, 혼자서도 간음할 수 있다니?
2. 같이 잔 남자는 왜 안 끌고 왔오?
3. 당신들은 재수 좋아 안 들켰을 거 아니요?
4. 당신들 딸이라면 어떻게 하겠오?
몇 번이 정답이었으면 좋겠습니까?

손부터 보여 드려라

병상의 어머니와 동생들을 부양하던 소녀가 먼저 죽게 되었다

성사聖事 오신 신부에게 소녀가 고백했다

주일미사는 늘 빠졌고, 기도도 눈감자마자 잠들어버리곤
했습니다

신부는 소녀의 손을 잡았다. 나무껍질 같고 막돌멩이 같았다

괜찮다 애야, 하느님께는 네 손부터 보여 드리거라.

* 고준석 신부의 "아기 예수님께 드릴 수 있는 가장 소중한 선물" 참고, 시울주보, 2011년 1월 2일

제2부

오만과 편견

불빛 한 점이 마주 오고 있다
충돌위험에 경고신호를 보내도 막무가내이다
무전을 쳤다 "10도 우향하라"
응답이 왔다 "10도 좌향하라"
함장은 다시 쳤다 "나는 대령이다 명령에 따르라"
응답이 또 왔다 "나는 일병이다 지시에 따르라"
기가 찬 함장은 최후통첩을 보냈다
"여긴 군함이다. 명령 무시하면 박살난다"
응답이 다시 왔다
"여긴 고장난 등대다. 지시 무시하면 박살난다"

엄마 딸이 더 좋아

붕어빵엔 붕어 없고
국화빵엔 국화 없네, 내가 노래하면
칼국수엔 칼이 없고
빈대떡엔 빈대 없네, 따라하는 엄마

없어서 좋은 것도 참 많겠지
내 맘에도 내 마음이 없어지면
내 속에도 내가 없어지면
그래도 엄마 딸이냐고 물었더니
엄청 깊고 넓은 큰 사람이 될 거란다
성자聖者가 될 거란다
성자보다 나는 엄마 딸, 이대로가 더 좋아.

노랑말로 말한다

신문이 빈 벤치에 앉아 자꾸 손짓한다

가 앉아 펼쳐드니 은행잎들 떨어져 가린다

읽을 건 계절과 자연이지
시대나 세상이 아니라면서.

무신론자들의 기도

집 앞에서 하교하는 아들과 마주친 아빠가 말했다
엄마 오면 나 기우제祈雨祭에 갔다고 해

아이는 얼른 집으로 뛰어가 우산을 갖고 나와 소리쳤다
우산雨傘 잊고 가시면 어떻게 해요?!

뒤돌아보며 아빠가 대답했다
걱정 마라, 황후가 된 심청이도 맹인盲人잔치를 열었단다.

악기

성상聖像 앞에서 무릎 꿇는데
무릎 꿇고 큰다는 나무가 생각난다
캐나다 로키산맥 수목 한계선부터는
혹한과 강풍에 무릎 꿇지 않고는 살 수 없다는
악기樂器용으로 최고라는

시인이야말로 최고의 악기인데
신神은 내가 행복해지기보다는
숭고해지기를
악기다운 악기 되기를 더 바라시는지.

어머니의 아버지 손

늘 두 손에 나눠 쥐고 주셨지
"이건 아버지가 보낸 거, 이건 내가……"
정말로 그런 줄 알았다

렘브란트의 '돌아온 탕자'에서 탕자를 껴안은 아버지의 두 손이
　남자 손과 여자 손인 걸 알고서야
　엄마의 한 손도 늘 아버지 손이었음을
　엄마이자 아버지였던 내 어머니
　하느님아버지도 어머니신 줄 비로소 알았다.

어느 삼대

들깨 단을 머리에 인 할머니가
빈 달구지를 끌고 가는 암소를 뒤따르고 있다
새끼 밴 배가 땅에 끌릴 듯 쳐져 있다

개밥바라기 별 돋아난 하늘밑에는
아직 불빛이 안 보인다.

괘씸한 것들

식은 죽 먹기
땅 짚고 헤엄치기
눈감고도 찾아내기
누워서 팥떡 먹기

너네들 왜 날 피해?
나만 보면 왜 꼭꼭 숨어버리느냐구?

하느님 사모님

검정 비닐봉지가 매달린 막대기를 높이 흔들며
모퉁이에서 덜덜 떠는 거지아이
맨발에 구멍난 운동화 어깨에는 홑옷 한 장 걸려 있다

떡볶기에 어묵 한 접시와 싸구려 잠바에 함빡 웃다가
하느님 사모님이죠 다 알아요
바빠서 대신 보내셨군요
기도하고 기다렸죠 못 알아볼까 봐 이걸 마구 흔들었죠

아니다, 그분 딸이란다.

말 되게 말 안 되게

먹기 싫으면 밥이 코자고 싶어한다 하고
찾아도 없는 양말은 그네 타러 놀이터에 갔다는
세 살 손자의, 물활론적 생각과
전문식電文式 화법은
초문법적 탈문법적
거꾸로 어순에 과감한 생략이다
세 살 때가 시인 나이, 말도사다.

재치

막다른 데까지 도망 온 생쥐는 고양이에게 대들었다
내일이면 날개를 단다구
그때 마침 동굴 천장에서 박쥐가 푸득거렸다

기죽어 돌아서던 고양이도 으스댔다
내일이면 나도 호랑이가 된다구
큰소리치고 돌아보니 호랑이가 기다리고 있지 않나

혼비백산 도망친 고양이는 다음날 아침 생쥐와 또 마주쳤
다
제 거짓말에 캥켜 멀쓱해진 생쥐는 더 당당했다
아직 밤이 아니잖아 여긴 동굴도 아니고.

우선순위

산길에서 호랑이와 마주치자 엉겁결에
하느님 살려주세요, 라고 하는데
호랑이는 벌써 앞발을 모으고는
일용할 양식주시니 감사합니다, 라고 한다

아뿔싸, 얼른 다시
감사합니다 하느님, 호랑이와 면대하게 해주시니
기도를 끝내고도 눈감은 채 잡아먹히기를 기다리다가
겨우 한눈만 뜨고 보니 호랑이는
바로 앞 떡갈나무 뒤에서 노루새끼를 물고 나온다.

말 안 되는 말이 더 말 된다

볼펜은 돌돌붓
만년필은 졸졸붓
정구는 안마당 공치기
축구는 바깥마당 공차기
월 화 수 목 금 토 일요일은
달날 불날 물날 나무날 쇠날 흙날 해날이라고
우겨대던
한글학자도 주체사상가도 아닌 그이
귀로만 만나서일까 이름도 잊어버려
너무 너무 미안해도
볼펜하고 놀 때마다 생각나.

미문未文으로 비문非文으로

움직씨들 이름씨들 꾸밈씨들 어찌씨들만을 줄 세워도
선문답처럼
오오래 머얼리 바닥에까지 메아리친다면

말 가지고 혼자 놀다가
깜짝 놀라는 말 낭비

말본에서 도망칠 재주 없어 탄식하며.

벌초, 하지 말 걸

떼풀 사이사이
패랭이 개밥풀 도깨비바늘들
방아깨비 풀여치 귀뚜라미 찌르레기 소리도
그치지 않았는데
살과 뼈 녹여 키우셨을 텐데

다 쫓아버렸구나
어머니 혼자
적적하시겠구나.

시詩도 다수결이 아니다

예술은 민주주의가 아니다
오히려 천상천하 유아독존주의天上天下唯我獨尊主義다
다수결多數決은
독창성獨創性의 적敵이라서.

은발이 흑발에게

어제는
나 그대와 같았으나
내일은
그대가 나와 같으리라.

* 터키의 히에라폴리스에서 전해지는 죽은 자가 산 자에게 하는 말에서

말궁합

시인 김삿갓에게는 썩은 고지바가지에 탁배기가
시인 김병연金炳淵 씨에게는 이 빠진 막사발에 막걸리가
시인 난고蘭皐 선생께는 금이 간 사기잔에 약주가
어울릴 것 같아

안경알만 바꿨는데

물 속에는 물고기들이 날아다니고
허공 속에는 새들이 헤엄쳐 다닌다
나 또한 물과 허공 사이를 물구나무서서 다닌다

질겁하고 달려가 따졌더니
안경점 주인은 고래고래 삿대질이다
제대로
똑바로
잘 보이게
주문했지 않았느냐고.

오쿠노 미치에서는

바쇼를 닮아
발걸음도 저절로
5·7·5 박자.

하이쿠식 피서避暑

말복날 종일
바위에 귀대고 듣는
말매미 울음.

방랑시인의 패션

삿갓에 지팡이
김삿갓과 바쇼의
시조와 하이쿠.

제3부

미완에게 바치는 완성의 제물

까마귀
울음 두 점 떨구고 간 된서리 하늘아래
꽃필 가망 전혀 없는 구절초 봉오리
위에, 떡갈나무 잎 떨어졌다, 빗나갔다
또 한 잎 떨어졌다, 또 빗나갔다
다른 잎이 떨어져 반만 덮었다
또 다른 잎이 떨어져도 덜 덮었다
어디선가 한 잎 날아와 다 덮었다
도토리 빈 깍지, 저도 뛰어내렸다
바람불어도 날아가지 않겠다.

소금호수

못 찾던 책이 코앞에 있었다
눈 뒀다 무엇에 쓰냐고 한다
너무 그러지 마라
내 목 위에 얹힌 건 내 얼굴이 아니야
가시풀 곱씹어 목축이며
눈물 마른 눈사막을 걷고 있는 무봉낙타
누가 타고 있건 어디로 가건
눈은 모른다 발만 알고 걸을 뿐.

멘토스

짐값 안 받으니 내려놓고 편히 앉아 가세요
보따리를 이고 앉은 할머니에게 버스기사가 말했다
공짜로 탔는디 보따리꺼정이라, 안 되제

오른뺨을 치거든 왼뺨까지 돌려대라 하셨잖아
엉망으로 얻어터진 아이를 엄마가 나무랐다
그 형은 왼팔이 짧아 늘 왼뺨부터 때린단 말예요

정화수는 한 대접만 올리는 거다
장독대에 대접 두 개를 본 시어머니가 베트남 자부에게 일
러줬다
내일 밤엔 비 온데서 내일 몫까지예요
하룻밤에 두 번 목욕하시면 달님도 감기 드신다.

둥근 세모꼴

비트겐슈타인만큼 펄펄 끓는 정오
켄터키 프라이드 인간이 되는 중이다
메밀베개 베고 엎어졌다 일어났다
시원해질까 하고
메밀꽃 메밀꽃 하는데
이효석의 메밀밭이 제 발로 달려온다
까만 세모꼴 속에 시침떼고 들어앉은
동그랗고 하얀 알갱이까지
메밀국수 메밀묵 메밀나물까지 군침 돌더니
이마머리 자욱 핀 메밀꽃밭으로
비트겐슈타인의 '오리-토끼'가 뛰어온다
삼복 여름-메밀밭.

밤에 크는 귀

한밤중에 일어나앉다
귀가 자꾸
길어진다
깊어진다
언 땅속 지렁이 울음 뒤에
장님 예언자 테이레시아스*의 발자국소리 들려올 듯
지옥地獄 소식 겁나
번쩍 눈뜬다.

* 테이레시아스: 그리스의 신화의 예언자, 여신 아테네의 목욕장면을 훔
  쳐본 죄로 맹인이 되었으나, 대신 미래를 예언하는 능력을 얻어, 에디프
  스의 운명 등을 예언했다고 한다.

청양고추

엽기충동 발작하는 염천炎天에는
청양고추를 고추장 찍어 먹어봐
불폭탄에 파죽지세로 점령당하며
눈물 콧물 땀 범벅 열렬한 환호소리
학대받는 쾌감들이 질러대는 비명소리
학대받을수록 땡기는 식욕의 아우성

10년 스트레스 단숨에 날려 버려

작을수록 매운맛은 더 매혹적이래
늦게 열린 놈일수록 더 사납데
식물성을 위장한 맹수생리래
캅사이신이란 게 의뭉해서 그렇데.

* 캅사이신(capsicine, capsicum); 고추의 매운맛 성분.

가을역

사랑은 떠나고 사람만 있다
귀뚜라미 목청 몇 옥타브 올라갔고
밤하늘 젖은 별들 또랑또랑 영글고
까실까실 바람끝도 날을 세운다

어둠으로 무르익은 여름밤 사랑아
아무것도 달라지지 않았는데
변하지 않은 것은 아무것도 없다
보냄과 떠남을 구태여 구별 말자
네가 가지 않았다면 나를 보냈을 게다.

서울살이

서울 천리를 와서 가랑잎 하나 줍다

* 이 외줄 시는 고 박목월 시인의 일행시집에 들어 있다. 선생님께
시공부 하던 대학 3~4학년 때였을 듯. 한 줄짜리 내 시가 무척 당돌하다
고 여기실까 봐 오마조마 가슴 조이던 내게, 오히려 선생님의 일행시집
에 넣고 싶다고 하셔서, 나는 어쩔 줄 모르게 황송했는데, 출간된 시집
을 주시면서, 내 시 끝에 내 이름자를 넣었더니, 출판사에서 어색하다며
지웠고, "나중에 유군이 외줄시집을 낼 때 빼 가그라"라고 하셨다. 원
효로 4가 5번지 선생님댁과 대님도 안 맨 한복바지 차림에 흰 고무신을
끌고 나오시던 원효로 로터리의 심정다방에서, 내 습작시를 보아주시던
선생님이 그립고, 선생님 기대에 못 미치는 오늘 내가 너무 죄송스러워
져, 이 짧은 시 모음집에 넣는다.

가을 타고 싶어라

벤치에 낙엽 두 장
열이레 달처럼 삐뚜름 멀찍이 앉아
젖었다 말라 가는 마지막 향기를 나누고 있다

가을 타는 남자와 그렇게 앉아
달빛에 젖은 옷이 별빛에 마를 때까지
사랑이나 행복과는 가당찮고 아득한
남북통일이나 세계평화 환경재앙이나 헬리혜성을
까닭 모를 기쁨으로 진지하게 들으며
대책 없이 만족하며
그것이 고백이라고 믿어 의심 없이
그렇게 오묘하게 그렇게 감미롭게.

살구씨의 공포

하다 못해 모과나 도토리도 좋다 했는데
또 다시 살구로 태어나고 만다면
눈 나쁜 이들
벚꽃이라고 우기겠구나

공포는
귀신이 아니다 실연도 아니다
비슷하다는 것 여전하다는 것
진보도 퇴보도 아니라는 것
이다 이다 이다.

서귀포, 동쪽으로 가요

해와 달을 따라잡을 수 없어서
돌아서 가요
해가 돌아가는
달이 돌아가는
그대가 돌아가는 서西쪽
도대체 돌아가는 길은 왜들 서쪽인가요

가도 가도 줄곧 달아나는 서쪽
으로, 가고 있는 그대에게 닿으려면
동쪽으로 가는 게 질러가는 거라고
지구는 둥글어서
반드시 마주치게 될 테니까요.

카멜레온

엎어진 무릎에서 흙 냄새가 난다

약수 한 컵 마셨는데 목구멍에서 한약 냄새가 치민다

대나무에 발목이 긁히더니 걸을 때마다 피리소리가 들린다

장미 몇 포기 모종하고 나니 찔린 손등에서 장미향이 진동
한다

국수 삶던 물이 가슴에 튀었다
얼마나 오랜만인가
가슴 이렇게 뜨거워보는 것이
화끈화끈 밤새워 보는 것이.

고열두통

집밖에도 세상이 있다는 걸 잊었다가
거리로 나가면 다리가 후들거린다

슈퍼에선 미끄러져 이마만 닿았는데
계란 한판이 프라이가 되었다

산길에서 잠깐 기댄 나무에서
군밤이 된 밤톨들이 후두 둑 떨어졌다

이마를 짚어보던 의사가 비명을 질렀다
화상火傷 입은 손바닥을 후후 불면서.

업적

산으로 갔는데 강이었고
바다로 떠났는데 사막에 와 있었다
내가 가장 나다워질 수 있는 훗날 거기 찾아
거꾸로 로꾸거로 갈팡질팡 반세기
매미의, 귀뚜라미의, 알프래드 드 뮈세의
평생업적이 울음이었다 해서
헤매임도 업적이 되나요?

대머리촌

알머리로 등교하는 아이들에게 놀란 선생님들이 물었다. 한 친구의 암투병 1년 동안 모두 머리를 밀고 다니기로 어린 이회에서 결정했다고 대답했다

남녀노소의 선생님도 모두 머리를 밀었다. 청소담당 관리담당 아주머니 아저씨도 보조원 이양과 박군도 기쁘게 따랐다.

주민들도 그 해 1년 동안은 알머리로 살기로 했다. 밤중에는 전등이 필요없었다, 미용실 이발소는 일 년 내내 바빴을까 문닫았을까?.

아무도 안 보는 곳

수도원장이 한 수도사만 편애했다. 다들 불만을 토로했지만, 원장신부는 오히려 당당했고, '그 까닭'을 알고 싶다고 요구하자, 식당에 가서 기다리라고 했다.

사과 한 광주리를 끌고 온 원장은, 한 개씩 나눠주며 아무도 안 보는 데 가서 먹고, 사과 속 숭텡이를 갖고 오라고 했다. 다들 사과 한 개씩을 들고 나가서 먹고 돌아와 자리에 앉았는데, 원장이 편애하는 그의 자리는 비어 있었다. 한참을 기다리게 하고서야 나타난 그의 손에는 사과가 그대로 들려 있지 않는가.

원장신부가 물었다 "형제는 왜 그대로 가져 왔오?"

그가 대답했다 "아무도 안 보는 데가 아무데도 없어서요"

만족한 표정의 원장신부가 힘줘 말했다.

"내가 저 형제를 편애하는 까닭을 알겠지요?"

아직도 꿈꾼다

바다로 떠나는 새끼연어들을 새끼붕어들도 뒤따라간다

기러기 떼와 함께 까치 몇 마리도 시베리아로 떠난다 피서
를 즐기려고

제비 한 마리가 참새들과 나란히 전깃줄에 앉아 가을볕을
쬔다 텃새가 되려고

서리 허연 가지 사이 개나리 철쭉꽃이 드문드문 피었다 겨
울꽃이 되려고

가마우지 새는 물 속을 헤엄치고 싶어했고
날개를 꿈꾸던 다람쥐는 하늘다람쥐가 되었으니까.

말 안 되는 것에 대해 침묵하지 않기

박찬일(시인 · 추계예술대 교수)

1. 가상의 가상

'세계가 미적으로 정당화된다'면 미는 가상의 가상이라는 말이 된다. 가상으로서의 세계를 가상의 가상의 세계로서 초극하려는 것이다. 가상을 가상의 가상으로서 초극하려는 것은 잘 알려지지 않은 자세다. 혹은, 위버멘쉬의 자세다. 소멸을 거칠게 다루는 자세다. 죽음을 의지意志하는 자세다. 스피노자의 '삶에의 의지'가 1차적 의지라면 쇼펜하우어의 맹목적 의지는 2차적 의지다. 니체의 권력의지는 3차적 의지다. 스피노자의 삶에의 의지가 매력적인 것은 선택의 가능성(때문)이다. 삶에의 의지를 팽창시키는 타자를 선택할 수 있고, 삶에의 의지를 위축시키는 타자를 선택할 수 있다. 대개 삶에의 의지를 팽창시키는 타자를 선택한다. 삶에의 의지를 위축시키는 타자에게 염증에, 염증을 느꼈을 것이기 때문이다. 아니 삶에의 의지가 팽창되는 순간을 기분 좋게, 기분 좋게 느꼈을 것이기 때문이다. 쇼펜하우어의 맹목적 의지에 대한 인식이

그럴듯해 보였던 것은 '물 자체'만을 인식할 수 있다는, 즉 현상적으로만 인식할 수 있다는 칸트의 보증 때문이었다. 쇼펜하우어는 '현상으로서의 세계에 대한 욕망'을 맹목적 의지라고 하였다. 근대 자연과학은 불확정성의 법칙 또한 얘기하지만, 중력의 법칙, 양성자/중성자의 법칙, 무질서도 증가의 법칙 등으로써 현상[표상] 너머의 세계 또한 얘기하지만. 문제는 니체의 3차적 의지다. 가상으로의 의지다. 가상으로서 가상을 넘어서는 의지다. 선악을 넘어서는 의지다. 권력의지다. 죽음으로의 의지다. 「운명, 조롱당하다」와 「아직도 꿈꾼다」를 주목한다.

콩 심은 콩 밭에서 팥을 더 추수한다

뱁새가 황새를 앞질러서 날고 있다

인삼 밭에는 민들레가 더 무성하다

통쾌한 21세기
팥으로 메주 쑤고, 황새보다 뱁새, 인삼보다 민들레래.

— 「운명, 조롱당하다」 전문 ①

바다로 떠나는 새끼연어들을 새끼붕어들도 뒤따라간다

기러기 떼와 함께 까치 몇 마리도 시베리아로 떠난다 피서를 즐기려고

77

제비 한 마리가 참새들과 나란히 전깃줄에 앉아 가을볕을 쬔다 텃새가 되려고

서리 허연 가지 사이 개나리 철쭉꽃이 드문드문 피었다 겨울꽃이 되려고

가마우지 새는 물 속을 헤엄치고 싶어했고
날개를 꿈꾸던 다람쥐는 하늘다람쥐가 되었으니까.

— 「아직도 꿈꾼다」 전문 ②

부정의 부정, 혹은 가상의 가상이라는 점에서 니힐리즘의 꼭대기에 올라가 있다. ①에서 "콩 심은 콩 밭에서 팥을 더 추수한다"라고 한 것은 콩 심은 콩밭을 가상이라고 한 것이고, 팥을 더 추수한다는 것 또한 가상이라고 한 것이다. "뱁새가 황새를 앞질러서 날고 있다"고 한 것도 마찬가지고, "인삼 밭에는 민들레가 더 무성하다"고 한 것도 마찬가지다. '뱁새'가 가상이고 '황새'가 가상의 가상이다. '인삼 밭'이 가상이고 '민들레'가 가상의 가상이다. ② "바다로 떠나는 새끼연어들을 새끼붕어들도 뒤따라간다"고 한 것도 마찬가지. 바다로 떠나는 새끼연어를 뒤따라가는 새끼붕어들이 없으니까 바다로 떠나는 새끼연어들이 가상이고, 그들을 뒤따라가는 새끼붕어들이 가상의 가상이다. "시베리아로 떠"나는 "기러기"를 뒤따라가 "피서를 즐기려"는 "까치"가 없으니까 '기러기 떼'가 가상이고, 까치가 가상의 가상이다. 마찬가지로 '제비'가 가상이

고, '참새'가 가상의 가상이다. '가마우지'가 가상이고, '다람쥐'가 가상이다. 도대체 가상 아닌 것이 있기나 한 것인가. 단서를 달아야 할 것이 있다. 모든 것이 가상이라고, 혹은 가상의 가상이라고, 평등적으로 대립하지 않는다. 루소의 일반의지·전체의지·공동의지(요약해서 자연의지) 들이 여기에 끼어들 수 없다. 루소의 천민민주주의·천민사회주의가 여기에 끼어들지 못한다. 「시도 다수결이 아니다」가 이 점을 특별히 짚어낸다.

> 예술은 민주주의가 아니다
> 오히려 천상천하유아독존주의天上天下唯我獨尊主義다
> 다수결多數決은
> 독창성獨創性의 적敵이라서.
>
> ―「시도 다수결이 아니다」 전문

　필자는 시인이 예술은 가상, 혹은 가상의 가상이지만, "예술은 민주주의가 아니"라고 천명한 것으로 이해한다. 예술은 "천상천하유아독존주의天上天下唯我獨尊主義"라고 한 것으로 이해한다. 니체가 『권력 의지』에서 "예술은 진리보다 가치 있다"라고 말한 것도 이 때문이다. 『비극의 탄생』에서 '세계는 미적으로 정당화된다'라고 한 것도 힘을 의식한 말이고, '예술은 진리보다 가치 있다'라고 말한 것도 힘을 의식한 말이다. 예술이 발명("독창성")의 영역이고 진리가 발견의 영역이라면 발명이 힘을 주겠는가. 발견이 힘을 주겠는가. 니체가 철학 예술에 관점주의를 반영한 것도 힘을 주기 위해서다. 관점를 갖는 자는 힘을 가진 자다. 나날이 새로운 관점을 갖는 자는 나날이 새로운 힘을 갖는 자다.

가상은 가상을 알아보는 법이다. 서로 '그냥' 지나치는 법이다. 가상은 말 그대로 "그림의 떡"이기 때문이다.

> 있는 현실 여기 아닌
> 없는 현실이 더욱 현실인 나, 이대에게는
> 무덤덤한 너희, 거기의 그대들도
> 시큰둥한 그들, 저기의 저대들도
> 마찬가지 그림의 떡
> 그림의 떡으로도 배불러서
> 살찌는 내 허무虛無.

— 「그대들도 저대들도 이대에게는」 전문

그림의 떡을 먹고 "배불러서/ 살"찔 수는 없다. 가상으로서 배부를 수는 없다. 문학이 '세계'에 기여하는 것 중에 이른바 '허무주의의 부인否認'이 있다. 허무주의의 부인(혹은 부정否定)으로서 모든 정립을 불안정하게 만든다. 심한 경우 해체시켜 버린다. 미적 가상이 세상을 정당화하지만 속내는 세계에 대한 이중적 부정의 토로이다. 부정의 부정이다. 다시 말하자면 세계는 가상이고, 문학예술은 미적 가상이기 때문이다. 허무주의의 전면적 긍정이 구원이기 때문이다. 「나는 너무 오래 안전한가?」에서는 '안전의 허구'를 보인다. 허구와 가상은 인접의 관계에 있다?

> 단기 4343년 올해까지 931번이나 침략 받아
> 평균 4년꼴로 전쟁을 겪은 셈인데

1951.7.27 휴전협정 이래

처음으로 57년 동안이나 안전하다는데

내게는 위험이 필요한가?

안전하게 밥 먹고 안전하게 잠자고 안전한 꿈만 꾼다

두통마저 안전해

딱따구리도 두통약 먹을까?

나의 미래는 어디서 오는가?

— 「나는 너무 오래 안전한가?」 전문

　"평균 4년꼴로 전쟁을 겪"었다는 것이 "57년"의 '전쟁 없음'이 허구라는 것을 일깨워준다. 한반도에 전쟁이 몰아쳐올 수 있다는 것을 일깨워준다. 전쟁과 '세계, 혹은 인류의 가상' 역시 인접의 관계에 있다. "안전하게 밥 먹고 안전하게 잠자고, 안전한 꿈만 꾼다"는 핍진성 아이러니. 화자의 "미래"는 전쟁에의 의지에 의해 대미大尾를 맞을 수 있다. 인류의 역사가 전쟁의 역사라면("단기 4343년 올해까지 931번이나 침략 받아/ 평균 4년꼴로 전쟁을 겪은 셈인데" 참조) 전쟁에의 의지 또한 인류의 중요한 의지가 아닐까. 인류의 '죽음에의 의지'의 가장 중요한 발현이 아닐까.

2. 세계내적 사태에 관여하는 신

　가상, 혹은 가상의 가상의 다음 수순은 신의 영역이다. 인류가 가상이라면 신은 가상의 가상이다. 물론 유안진이 신과 인류를 순전히 가상으로 치부하고 있다고 단정내릴 수 없다,

단정내릴 수 없다.

구원은 오는가. 내지에서 오는가. 외지에서 오는가. 내부의
의지에서 오는가. 외부의 의지에서 오는가.

> 만인에게 나눠줄 떡이 될 몸이라서
> 지명地名이 떡집인 곳은 베들레헴뿐이라서.
>> ─「그 아기씨는 왜 거기까지 가서 태어났을까?」전문

외부의 의지에서 온 것이라고 천명한 것으로 보인다. "그
아기씨"는 내부의 소산이 아니기 때문이다. 외부의 소산으로
서 인류를 구원할 우주사적 사명을 띠고 태어났기 때문이다.
이를 분명히 하는 것이 시 「축 성탄」이다. 외부에서 "마구간"
으로 떨어졌다는 것을 분명히 하였다. "가축 냄새", "말죽통",
"양치기들", "사막길"을 처음 만난다는 것을 분명히 하였다.

> 처음 만난 세상은 마구간이었다
> 처음 맡은 냄새는 가축 냄새였다
> 처음 누운 침대는 말죽통이었다
> 처음 만난 사람은 양치기들이었다
> 처음 떠난 여행은 죽기살기 도망치는 사막길이었다
>
> 막장에서 시작된 삶이라야
> 막장 인생들에게 희망이라고
> 그렇게 출발해야 참인생이라고.
>> ─「축 성탄」전문

메시야는 세계내적 사태에 관여하는가. "막장 인생들"에게 관여하는가. "희망"으로서 관여한다는 것을 분명히 하고 있다.

막장 인생들에게 희망이라고
그렇게 출발해야 참인생이라고.

메시야는 '희망'을 설교했을 뿐이다? "참인생"은 세계밖에 있다고 설교했을 뿐이다? 다음은 「손부터 보여 드려라」다. 전문이다.

병상의 어머니와 동생들을 부양하던 소녀가 먼저 죽게 되었다

성사聖事 오신 신부에게 소녀가 고백했다

주일미사는 늘 빠졌고, 기도도 눈감자마자 잠들어버리곤 했습니다

신부는 소녀의 손을 잡았다. 나무껍질 같고 막돌맹이 같았다

괜찮다 얘야, 하느님께는 네 손부터 보여 드리거라.

감동적인 시다. 유감은 세계내운행에 간섭하지 않는 "하느님"에 대한 확인이다. "병상의 어머니와 동생들을 부양하던 소녀"의 죽음에 하느님은 무엇을 해줄 수 있을 것인가. 뜨거운 눈물만 흘리시는 하느님. 문제는 세계외적 존재로서의 일자다. 세계내운행에 간섭하지 못하시는 하느님이다. 스피노자가 "신 즉 자연"이라고 한 것은, 쉘링이 "자연에 신이 숨겨

있다"고 한 것은, 이들이 세계 자연에 신성이 깃들어 있다고
한 것은, '세계의 운행에 간섭하시는 하느님'에 대한 우회적
요구가 아니었을까, 라고 생각해본다. 이들이 '공중'으로부터
인류를 구원하러 오신 예수를 부정한 것은 '세계내적 존재로
서의 하느님'의 세계내운행에 대한 간섭의 간절한 요구가 아
니었을까, 생각해본다.

> 검정 비닐봉지가 매달린 막대기를 높이 흔들며
> 모퉁이에서 덜덜 떠는 거지아이
> 맨발에 구멍난 운동화 어깨에는 홑옷 한 장 걸려 있다
>
> 떡볶기에 어묵 한 접시와 싸구려 잠바에 함빡 웃다가
> 하느님 사모님이죠?
> 바빠서 대신 보내셨군요
> 기도하고 기다렸죠 못 알아볼까봐 이걸 마구 흔들면서
>
> 아니다, 그분 딸이란다.

— 「하느님 사모님」 전문

'일종'의 범신론적 사유가 돋보이는 시. 세계의 운행에 관
여하시는 "하느님", "사모님"도 있고 "딸"도 있는 하느님. "거
지아이"에게 "떡볶기에 어묵 한 접시와 싸구려 잠바"를 안겨
주시는 신. '하느님, 세계의 운행에 관여 해주소서'라고 요청
하고 있다. 물론 하느님 사모님, 하느님 딸들은 기독교인들에
대한 알레고리일 수 있다. '하느님, 그들을 통해서라노 세세
의 운행에 관여해 주소서'라고 요청한 것일 수 있다. 그들에

게 "검정 비닐봉지가 매달린 막대기를 높이 흔들며/ 모퉁이에서 덜덜 떠는 거지아이"를 외면하지 말라고 요청한 것일 수 있다.

3. 말 안 되는 것에 침묵하지 않는 자

신문이 빈 벤치에 앉아 자꾸 손짓한다

가 앉아 펼쳐드니 은행잎들 자꾸 떨어져 가린다

읽을 건 계절과 자연이지
시대나 세상이 아니라면서.

— 「노랑말로 말한다」 전문

"시대"가 없는 곳, 인류가 없는 곳에도 하느님은 존재하실까. "은행잎들"이 떨어지는 것을 보는 인류가 없어도 하느님은 존재하실까. "빈 벤치"를 인류가 없는 곳에 대한 알레고리로 보고 하는 말이다. "신문"을 "펼쳐"든 것은 하느님? 하느님이 시대와 "세상"을 읽고 계신다고?

이쯤에서 이전 시집 『거짓말로 참말하기』를 떠올리는 시 「말 되게 말 안 되게」를 언급하지 않을 수 없다. 시인은 거짓말로 참말하는 자? 비트겐슈타인의 『논리철학논고』는 "말할 수 없는 것에 대해서는 침묵하라"고 끝나고 있지만. 『논리철학논고』에서 비트겐슈타인은 세계는 사실(사태, 사건)들의 총체이고, 사실들은 상호 논리적 관계이고, 사고가 논리적 그림

을 그리고, 여기에서 (요소) 명제가 도출되고, 언어가 이러한
요소 명제들의 복잡한 연관을 표시하고(이를테면 "이 집이 저
집보다 크다"), 복잡한 명제들의 진리는 명제의 구성요소인
요소명제의 참/거짓에 좌우된다고 했지만. 시인은 말 되는 것
과 말 안 되는 것을 분별하지 않는 자가 아닐까. 말 안 되는
것에 대해 특히 침묵하지 않는 자가 아닐까. 비트겐슈타인에
의해 침묵해야 할 것으로 주로 거론되는 것은 신, 세계, 자아
들이었다. 유안진은 그러나 신에 대해서, 신이 관여해야 할
세계, 자아들에 대해 얘기한 것이 아닐까.

먹기 싫으면 밥이 코자고 싶어한다 하고
찾아도 없는 양말은 그네 타러 놀이터에 갔다는
세 살 손자의, 물활론적 생각과
전문식電文式 화법은
초문법적 탈문법적
거꾸로 어순에 과감한 생략이다
세 살 때가 시인 나이, 말도사다.

— 「말 되게 말 안 되게」 전문 ①

움직씨들 이름씨들 꾸밈씨들 어찌씨들만을 줄 세워도
선문답처럼
오오래 머얼리 바닥에까지 메아리친다면

말 가지고 혼자 놀다가
깜짝 놀라는 말 낭비
말본에서 도망칠 재주 없어 탄식하며.

① "초문법적 탈문법적"인 것들이 침묵해야 할 것들이다. 신, 세계, 자아 같은, 말하면 안 되는 것들이다. 신을 얘기하는 유안진이 신비스럽다. 세계, 자아를 얘기하는 유안진이 신비스럽다. ② "말 가지고 혼자 놀다가/ 깜짝 놀라는 말 낭비"도 비트겐슈타인을 거역한 것. 유안진의 시는 '말 되게 말 안 되게', '미문未文으로 비문非文으로', "오오래 머얼리 바닥에까지 메아리"칠 것이다.

> 까마귀
> 울음 두 점 떨구고 간 된서리 하늘아래
> 꽃필 가망 전혀 없는 구절초 봉오리
> 위에, 떡갈나무 잎 떨어졌다, 빗나갔다
> 또 한 잎 떨어졌다, 또 빗나갔다
> 다른 잎이 떨어져 반만 덮였다
> 또 다른 잎이 떨어져도 덜 덮였다
> 어디선가 한 잎 날아와 다 덮였다
> 도토리 빈 깍지, 저도 뛰어내렸다
> 바람 불어도 날아가지 않겠다.

— 「미완에게 바치는 완성의 제물」 전문

순간문체란 말이 있었다. 시간확대경기술이라는 말이 있었다. 서술시간과 서술된 시간의 일치라는 말이 있었다. 시인은 미微하고 세細한 것을 포착할 줄 안다. 정말 변함이 없는 생각이다, 유안진은 시인이다.

4. 나가며

시 「안경알만 바꿨는데」에 말 안 되는 것에 대해 침묵하지 않는 '유안진'이 담겨 있고, 무엇보다도 '가상의 가상'에 천착하는 '유안진'이 담겨 있다. 전문이다.

물속에는 물고기들이 날아다니고
허공 속에는 새들이 헤엄쳐 다닌다
나 또한 물과 허공 사이를 물구나무서서 다닌다

질겁하고 달려가 따졌더니
안경점 주인은 고래고래 삿대질이다
제대로
똑바로
잘 보이게
주문했지 않았느냐고.

현실이 가상일 수 있고, 그 반대 또한 가능하다는 것을 보여준다. 안경을 끼는 것은 미적 행위에 대한 알레고리. 가상의 가상행위! 감각할 수 있는 것들이 모두 경험이 되는 게 아니다. 꿈속 사태를 어떻게 설명할 것인가. 감각할 수 있지만 실제 사태와 거리가 있지 않은가. 비현실의 경험?

세상을 꿈꾸듯, 꿈처럼, 가상으로 대접하면 편해지지 않을까. 현실을 가상으로 대접하게 하여 편하게 해주는 "안경점 주인"이 정말 있을지 모른다.